* 9 7 8 9 9 4 8 7 6 9 6 8 2 *

وُلِدَ ياسر الخضري إبراهيم بحيٍّ مِن أحياء شبرا بالقاهرة، وبوفاة والده انتقلتِ الأسرة إلى مدينة المنصورة للإقامة بها.

حصل المؤلف على بكالوريوس كلية التربية الفنية بالزمالك جامعة حلوان عام 1996، ولُقِّب بشاعر الكلية عام 1994 حين نال وسام الجامعة عن قصيدة شعر "سافري مِن موانئ".

وفي عام 2000، فاز المؤلّف بمسابقة نعمان عاشور في الأدب بالمنصورة عن القصة القصيرة "أماني فانية".

في عام 2021 بدأ المؤلف كتابة أول سيناريو وحوار لفيلم، وتَمَّ تقديمُه في عام 2023 لشركة إنتاج بالقاهرة.

المؤلّف يعمل معلِّمًا خبيرًا للتربية الفنية بوزارة التربية والتعليم.

الإهداء

إلى أمّي الَّتي وهبَتني الحياة..

وأنارَت دربي بنور الأدب والفكر والخيال..

حينما كانت تحكي لي قصة مِن الأثر القديم عندَ كلِّ مساء.

ياسر الخضري إبراهيم

ملاك يزور الأرض

AUSTIN MACAULEY PUBLISHERS™
LONDON • CAMBRIDGE • NEW YORK • SHARJAH

شكر وتقدير

أشكر دار أوستن ماكولي وكلَّ القائمين عليها لِمَا لدَيهم مِن خبرة في فنِّ التَّعامل على كلِّ ما يقدِّمونه بشكل حضاري وإنساني، بجانب الصدق والشفافية مع الروائيّين، وهذا ما وجدتُه منهم حين قدَّمتُ لهم روايتي الأولى "ملاك يزور الأرض".

في مملكة ما وراء الأنهار أحَبَّ شعبها مَلِكَهم، ولقَّبوه بالملك العادل، وما إن تزوَّج الملك مِن أميرة مرموقة، حتَّى قرَّر أن يبني لها قصرًا تحيط به غابة بريَّة.

وبعد مرور ثلاثة أشهُر مِن مراسم الزواج، أمر الملك وزيره أن تُدَقَّ أجراس أبواب كلِّ المدائن بالمملكة معلنةً أنَّ الملكة ستُرزق بطفل.

فرح سكَّان المملكة، وذهبوا مُهلِّلين إلى الملك عند القصر ليبشِّروه بقدوم وليِّ العهد، فألقى عليهم التحيَّة، ثمَّ أمر الجُند بتوزيع العملات الذهبية عليهم.

وما إن انقضت عدَّة شهور أخرى حتَّى سمع الملك مِن وزيره أنَّ هناك فتاة قد زنَت، وقد هرب شريكها في الفعل الفاضح، فطلب الملك مِن وزيره أن يأتي بها إلى القصر.

وعندما أحضرها الحرس إلى الملك قال لها: يا أمة الله، لماذا قَبِلتِ على نفسِكِ هذا الفعل المشين؟ ألا تعلمين أنَّ الله تعالى قد حرَّم الزنا؟!

فقالت الفتاة الحزينة: أنا أعلم بقضاء الله، ولقد درستُ كتابه الكريم، وتعلَّمتُ سُنَّة سيِّدنا محمَّد، والآن أنا التَّعيسة الملطخَّة في شرفها أمامكم، والله يعلم أنّي بريئة ولستُ مذنبة في شيء، سأقصُّ عليك حكايتي، والله شهيد على ما أقول.

لقد أحببتُ شابًّا، وتقدَّم لخطبتي مثلما يلتزم كلُّ شريفٍ بِوَعدِه، لكنَّ أهلي رفضوه بحجَّة أنَّه فقير، فتوكَّلنا وعزمنا على أن نتزوج أمام الله وملائكته؛ لأنَّه أرحم بنا مِن كلِّ البشر.

وما إن سمعنا بمملكتكَ حتَّى قرَّرنا أن نأتي إلى هنا لِمَا لَدَيكم مِن سُمعة طيِّبة وحُكمٍ عادل، لكنَّ جنودكم وَجَدونَا في خلوَتنا عند النهر، فقبضوا علينا، وقد فَرَّ زوجي منهم ليذهب إلى عائلتي فيخبرها بأمري، وقد قال الحَرس عنه إنَّه هرب بعد فعلته معي، وهو شابٌّ أمين يقدِّس كلمته، وأخلاقه تمنعه مِن أن يفرَّ أو يتخاذل، لكن هذا هو السبيل الوحيد الذي أمامنا.

وجاء رجال المملكة بوجوه عابسة يطلبون مِن الملك شَنقها في ميدان عام حتَّى تكون عبرة، فقال الملك: ألا ننتظر حتَّى يأتي زوجها بعائلتها ونعرف الحقيقة كما تدَّعي الفتاة؟

قالوا: يا مولاي، إنَّها قد سلكَتها لتأخذك بها الشفقة.

فقال لهم: إذًا خذوها مِن هنا، فقد أحبَّت.

قالت الفتاة: ماذا أجرمتُ حين أحببتُ؟!

قال المللك: هنا لا نؤمن بالحب، بل بالزواج فقط.

فتحدَّثَت بيقين وثقة: اسمع أيُّها الملقَّب بالعادل، سيُبدِّل الله ما في بطن زوجتك مِن ولدٍ بابنة، وستعترف هذه الابنة الصالحة بالحبِّ، وتصادفه دون أن تعلَم أنتَ ومَن في المملكة بذلك الذي لُتُنَّني فيه وعليه.

فضحك الملك ومَن معه بسخرية عالية، ثمَّ قال: إنَّ وَلِيَّ العهد قادم لا محالة بإذن الله.

وبعدما تمَّ شنْقها مضَت عدَّة أسابيع على تلك الحادثة!

وجاء الزوج الهارب مع عائلتها ليشاهدوها معلَّقة في المشنقة، وقد أصبحَت جثَّة هامدة هشَّة؛ فالهواء يحرِّكها حسبما يشاء، والطيور تأكل مِن بقايا رأسها، فسقطَت عائلتها على الأرض معترِفين ومقرِّين بذنبهم؛ لأنَّهم مَن دفعوا تلك المسكينة إلى هذا المصير، ووجَّه الزوج كلامه لرجال المملكة وهو صاخبٌ قائلًا: ويلكم.. ماذا فعلتُم بها أيُّها الجبناء؟! لماذا لَم تصدِّقوها وهي العفيفة الطاهرة؟! فليلعنكم الله في كلِّ كتَاب، ألا تنظرون إلى

أيديكم الملطَّخة بدمائها وتندمون؟ فكيف لي بالعيش بَعدها وقد ذهبَت دون أن أودِّعها؟! لن يسامحكم الله على فعلتكم هذه.

وقام الزوج المحطَّم بتنزيل جثمانها واضعًا إيَّاه في عربة خشبيَّة تجرُّها أحصنة، ثمَّ تحرَّك مع عائلتها.

ومرَّتِ الحادثة مرور الكرام، وقد نُسِيَت مِن الجميع بعدما ألقَوا بحياتها إلى الهلاك دون تصديقها، فهل حظُّها السيِّئ ما أحضَرَها إليهم؟!

وجاء اليوم الذي ينتظره الملك بفارغ الصبر الذي ستلِد فيه الملكة وليَّ العهد.

وكانت السماء غاضبة، فبعثَت برعدها وبرقها إلى الأرض مع عاصفة ثلجيَّة شديدة البرودة، وأحاطتِ الوصيفات بالملكة المرتجفة مِن شدَّة البرد؛ ليساعدوها في الولادة.

فَاضتْ روح المَلِكة إلى بَارِئها بعدما وضعَت ابنتها، فحزن المَلِك على زوجته، وقام بدَفنها في المقابر الملكية.

بالوقت ذاته اغتبط بابنته التي سمَّاها حُور، وكان لا همَّ له في حياته إلا أن يراها سعيدة في آمالها، مغتبطة في قصرها الذي تطاول أبراجُه العلياء أفلاك السَّماء، فسخَّر لها خدمًا يقُمن عليها ويَسهرن لِرَاحتها إن كان هو بإيوان الحُكم، وأتى لها بمعلِّمين مِن كلِّ بلاط المملكة الممتَدَّة ليُعلِّموها منهج الدِّين الإسلامي.

وما إن مرَّتِ الأعوام إلى أنْ كبِرَت حور وأتمَّتِ الثامنة عشرة مِن عمُرها، فصارت أميرة الأميرات، زهرة يانعة في روض الشباب، ابتسامة لامَعة في ثغر الآمال، فجر مُشرق في سماء الحياة، أجمل الفتيات وجهًا، وأرقهنَّ شمائلَ، وأكرمهنَّ أخلاقًا، وأكملهنَّ أدبًا، تسكنها عذوبة النفس، حلاوة الطَّبع وهدوءه.

وهكذا ظلَّت حور قانعةً بأوقاتها طوال فترات النَّهار ما بين الذهاب لمعَلِّميها، وركوب الخيل، والاسترخاء في المسبح، إلى حين يأتي المساء، فتقف في شُرفتها في هَجعَة اللَّيل تنظر أسفل الوادي حيث المدينة ذات الأضواء الخافتة، وهذا الحلم – رؤية العالَم الذي هي أميرته – كثيرًا ما شغل تفكيرها منذ نعومة أظفارها.

ويوجد مِن أفراد المدينة شابٌ اسمه باسِم في الرابعة والعشرين من عمره في ميدان الحياة، يُصارع العيش ويُغالبه بمنكبَيه مِن أجل أمِّه، يَعمل صائدًا برًّا بالبارود وخضمًا بالقارب، لديه صدر رحب، وفؤاد جلد، عيوف مترفِّع، لا يتطلَّع إلى ما في يدِ غيره رغْمَ فَقره، علَّمته الأيام أن يكون صبورًا رقيقًا بالضعفاء والعاجزين، فخُيِّل للناظرين إليه أنَّه قد جاء مِن عالَم آخَر.

وكان ما يُخفِّف عنه عناء عيشه الجشب خصاله التي جمعَته إلى رفقاء مِن متعدِّد الطبقات، وملامحه التي بها شيء مِن الوسامة

في حلاوة سمرته ورِقَّته وعُذوبته، ما أذهبَته إلى أن يَدقَّ أبواب الجميلات باحثًا ومنقِّبًا عن شيء فيهنَّ بداخله لا يَعلمه سِواه.

وقفتِ الأميرة حُور في شرفتها تنعَى حظَّها قائلة: رَغمَ ما بداخلي علمًا وفضلًا وحولي مِن جاه وسلطان، إلا إنَّ هناك ما لا يشعرني بالسَّعادة.

فتقدَّمَت منها وصيفتها مليكة التي تسمعها في هذا الحديث تكرارًا قائلة: لو أعلم ما يُرضيكِ يا مولاتي لفعلتُه لكِ إلا رغبتكِ في النزول للمدينة.

فنظرتِ الأميرة إلى السَّماء ثم قالت: صدِّقيني يا مليكة لا أعلم السبب الحقيقي الذي يَدفعني وراء نزولي وحدي إلى المدينة.

فردَّتِ الوصيفة بلهفة متوسِّلة: مولاتي، أتنزلين وحدكِ؟ كيف؟! ماذا لو علمَ مولاي الملك بالأمر؟! أرجوكِ اعدلي عن تلك الفكرة حتَّى لا تحدث عاقبة.

فابتسمَت حور ناطقة: سأتسلَّل مِن القصر غدًا بعد العصر حيث وقت نوم والدي، وأنتِ ستبقين هنا حتَّى لا يلحظ غيابي أحد، لكن ما عليكِ غير أن تشتري لي ملابس قديمة، أرجوكِ ساعديني؛ فهذه رغبتي وليسَت أمرًا.

في صباح اليوم التالي، استيقظَت حور بأنفاسٍ مضطربة، فأسرعت إلى المرآة ووقفَت أمامها لِتُطيل النَّظر بملامحها،

وأحسَّت بأنَّ علامات القلق عليها، فهزَّت رأسَها مقتنعة بكلام مليكة الذي كان له أثره بداخلها، ثمَّ تحرَّكَت مِن جناحها وهي خائفة مِن فكرة نزولها إلى المدينة بمفردها.

ومَرَّ الوقت بطيئًا حتى انقضى، وفي اللَّحظة المحدَّدة تأهَّبَت الأميرة مرتدية بزة مِن عباءة بالية عليها ملاءة مطرَّزة رُبِطَت بإحكام عليها، وخمارٍ خَلْق مِن فوقه بُرقع شفاف يكاد يُخفي ملامحها الجميلة إلا عينَيها الساحرتَين، مُودِّعةً مليكة، ثُمَّ تحرَّكَت مُتسلِّلةً تاركة القصر.

سَارَت في طريقٍ ممتَدٍّ، على جانبَيه أشجار متراصَّة، وفي الغور البعيد شاهدَت جبالًا مغطَّاة بالثلوج، لَم تُصدِّق ما ترى مِن الطبيعة الخلَّابة التي تنفَّسَتها وكأنَّها تتنفَّس النَّسيم لأوَّل مرَّة.

وعلى غير هدًى مشتْ لا تعرف أين هي.. كلَّ ما تفعله أن تلمَّ بكلِّ شيءٍ مِن حولها وحفظه في الذاكرة خوفًا مِن التِّيه وقت الرجوع.

ظلَّت سائرة إلى أن وقفَت بغتةً أمام بوابة كبيرة مفتوحة مِن أمامها، وداخلها أناسٌ كثيرون، صارت ذاهلة، ثمَّ ابتسمَت هامسة: "أناس المدينة.. شعبي ومملكتي".

فإذا بها تقرِّر الدخول لأنَّ الفُضول والرَّغبة أذاب الذهول لدَيها، فدخلَت منبهرةً، وكلَّما أنجزَت خطوة ترى عجائب لَم تسمَع

وتقرأ عنها مِن طرق المدينة التي يكسوها الحصى والعربات التي تجُرُّها أصَحابها، وحوانيت البائعين والعطَّارين والخبَّازين.

مشت حور في الطرقات الواسعة المُهيَّأة ببُيوت الأثرياء، المليئة بأشجار الياسمين والبنفسج، وأخذَتها أقدامها إلى بُيوت الطبقة الوسطى ذات الشوارع الضيِّقة والنوافذ الحديدية، حتى أزقَّة الفقراء سارت بها.

وفي خانٍ شاهدَت أطفالًا نائمِين تحت جدران المواخير، حزنَت لهذا المنظر، وشعرَت بوَخزة في قلبها إلى أن وصلَت لمساحة واسعة بها أشجار كثيرة، وأكواخ تُطلُّ على النهر، والشمس مِن أعلى تنوي الغروب.

استهواها هذا المنظر، وأيقنَت حُور أنَّ وقت الرحيل قد حان، فالظلمة قد أوشكَت.

استدارَت تسترجعُ الطريق، وأثناء سَيرها لَم تشعر بشابَّين شاهدا عينَيها، وأدركا بأنَّها وحيدة فأخذا يتَّبعانها.

خرجَت مِن البوابة للطريق المؤدي إلى القصر، وداخلها شعور لا يُضاهيه سعادة، وأحاسيس أنسَتها وحشة المكان وظلمته، فجأة في منتصف الطريق وجدَت أيدي تجذبها تحاول عناقها.

- ما هَذا؟!

وعلى غير ما تَوَقَّعَت وجدَت همسَها المعهود نبرات صيحات، صرخَت بأعلى ما يمكن مِن الاستغاثة، تطلب الرحمة أن يتركاها، في حين صار كلٌّ منهما كالوحوش الضارية، لكنَّها قاومَتهما بكلِّ ما تملك مِن أيدٍ نحيلة، تصمدُ مَرَّة، وتبتعدُ عنهما أخرى، ثمَّ صرخَت ثانية، وفي تلك اللَّحظة سمعها باسِم، فترَكَ المصباح الذي بين يدَيه، ثمَّ أخرج بندقيَّته مِن جعبتها، وأطلَقَ بارودة في الهواء، الأمر الذي أرهَبَهما؛ فهربَا دون مقاومة، ثمَّ حمل المصباحَ وتقَدَّم لاكتشاف الأمر، في حين وقفَتِ الأميرة واجمة مضطربة بأنفاسٍ تُوحي بأنها مُنهكة القوى مِن فرطِ عبءٍ ثقيلٍ أثرى شجاعتها، تضغط على شفتيها لِتمنع ارتعاشها مِن أجل التَّماسُك.

وصَلَ باسِم إليها فوجَدَ على الأرضِ بُرقعًا وخِمارًا قد سقطا منها أثناء المقاومة، فجذبهما مُقرِّبًا المصباح منها لِيُعطيَها لوازمها، وما إن رأى وجهها إذا به متَسمِّرًا كالحائر الذاهل، فانهارَت حور مغطية وجهَها بيدَيها، ونكبتْ نحيبها، الأمر الذي جعله ينطق: تفضَّلي أشياءك، لكن ما الأمر الذي جعلَك تأتين له في هذا الوقت؟! وماذا حدث لكِ؟

قالت الأميرة: نصّيبي.. ليتَني ما نزلتُ.

فتقَرَّب منها باسِم ثم قال: نزلتِ.. أنتِ إذًا غير إنسية كما تَوَقعتُ، أنتِ ملاكٌ مِن السَّماء.

نطقَت حور في تعجُّب: ملاك!

فقال باسِم: نعم، إنَّ ملامحكِ وصوتكِ لَم أرَهما في إنسية قَط؛ فأرجو ألا تخدعيني أيّتها الملاك!

أعادَت هي هيئتَها، وشكرَته محاولةً الاستئذان، فأسرع إليها قائلًا: دون أن أعرف مَن تكونين؟! أريد مقابلتكِ ثانيةً، سأنتظركِ غدًا هنا.

فتملَّكَت حور الدَّهشة وقالتْ: لماذا؟

فرَدَّ عليها: صدِّقيني، أنا لا أعلم لماذا!

فهزَّت رأسها بالرَّفض وقالت: أظنُّ لن أنزل ثانيةً.

فقال باسِم: لا تخافي.. فالملائكة لا تخشى الشياطين، سآتي كلَّ يوم لعَلِّي أراكِ.

فانصرفَت الأميرة بعدما استأذنَته، ولَم يجد حَلًّا هو الآخر إلا العودة.

دخل الكُوخَ على أمِّه، فقبَّلَها في جَبينها، اكتشف أنَّ داخله قد غفا بارتياح، فجعله مغتبطًا، وراح يحكي لأمّه ما رآه مِن جمال الفتاة التي حجبَته الأيام عنه طيلة عمره، وإذا بأمِّه تقاطعه في كلِّ مرة تقول: هذا يا باسِم.

فهرولَ قائلًا: لا يا أمِّي، إنَّها مِن السماءِ كعذارى الجَنَّة، فأثناء تقديمي خِمارها كان سِحرها أشدَّ مِن ضَوء المِصباح، لَم أرَ وجهًا

مِن قبل يحمل هذه الملامح؛ فعيناها سمراوان واسعتان، كدرَّتَين متجاورتَين توحِيان بالثقة لما تشعُّه مِن صراحة وَرِقَّة، إنها كنبع الحنان والوفاء، خدُّها يتوَقَّد كالياقوت، ثغرها كاللؤلؤة الساطعة، بشرتها الوردية ناضرة الصِّبا كالورد المتفتح في ريعانه، شعرها الأسود الغزير المتماوج عند المفرق ينساب كالحرير منحدِرًا يتهاوى على جبينها، أمَّا عُنقها؛ جِيد غَزَال، يتطاول ويعلو في استعلاء فخور بما يحمل، إنها يا أمي فتاة شامخة لحظة وقوفها، كانت في كبرياء الطاوس، وعندما تحدَّثَت كانت في وداعة الحمامة المستأنِسة، وعندما انصرفت تحركت في خِفَّة العصفور.

فإذا بأمِّه تُقاطعه: هيَّا لنأكل يا ولدي حتَّى ننام.

فتحَرَّكَ باسِم بوجه هائم ثم همس: "بمجرَّد أنْ لمحتكِ يا ملاكي شعرتُ أنكِ قطرة مطر نزلت بها عليَّ لتُحيِيَني مِن جديدٍ، وكأني أرض جافَّة"، ثمَّ تنَهَّدَ مبتسِمًا.

رجعَت حور إلى القصر ومنه إلى جناحها؛ لِتجد مليكة في انتظارها على أحرّ مِن الجمر، مُتعجِّبةً ماذا بوجه أميرتها، هل هي الفرحة والتعجب؟ أم الحيرة والقلق؟! فلَم تترَدَّد في السؤال:

- ألستِ بسعيدة يا مولاتي؟

فنطَقت حور:

- أرجوكِ، اتركيني وحدي لأنِّي سأنام.

فلَم تُعارضها، وانصرفَت بقلبٍ مقبوضٍ على أميرتها التي دخلَت حجرتها، وقامت باستبدال ملابسها، وقد ظنَّت أنها ستهنأ بالنَّوم، لكنَّها جلسَت في الفراش مُسندةً ظهرها على الوسائد تفكر فيما رأت وما فعلَه الأحمقان معها، فهَزَّت رأسها وقالت: "أبي السبب؛ لأنَّه مَن يُخفيني عن شعبي"، حتى تذكَّرَت وجه الشاب وما طلبه منها، لازَمَها التفكير، أنساها الجوع إلى هجعة اللَّيل فنامت.

في الصباح الباكر لَم تجد هدوءها المعهود، فنظرَت إلى المرآة وسألَت نفسها: "لماذا أنا هكذا؟!"

ثم نزلَت للإفطار مع والدها، وبعدما انتهَت منه ذهبَت لمعَلِّميها، حاولَت أن تُخفيَ قلقَها أمام الجميع بابتسامة مصطنَعة.

مرَّ اليوم ولَم ينضُب داخِلها عن سُؤالٍ، هل ذاهبة أم لا؟! حتى حان الوقت الذي حلَّق فيه غُراب الظلام حول مجثمه لتجد نفسها دون أن تشعر قد أسبلتْ بُرْقَعها على وجهها لتنزل في الخفاء متسللة إلى مكان اللِّقاء لتجده دون الشاب، فإذا بقرارة نفسها تحزن، هل بعد كل هذا العناء لا يأتي؟!

ومِن وراء شجرة سمعَت حركة، لتجده يظهر أمامها فقال: لا ترتهبي أيتها الملاك؛ فأنا أنتظرُكِ، ورغم أنَّكِ أمامي لا أصدق عيني. فتحدَّثَت: أما زِلتَ تناديني ملاكًا؟

رَدَّ عليها: فمجيئكِ أكَّدَ أنكِ أرَقّ ما رأيتُ، وأصدق لسانًا مع مَنْ تكلمتُ.

تعجَّبَتِ الأميرة مِن كلامه ثمَّ قالت: كيف تجسر الكلامَ بتلك المعاني؟! وما اسمك؟ لكن قبل أن تتكلم أرجوكَ لا تسألني مَن أكون، وألَّا تحاول تتبُّعي.

فقال: أنا باسِم، صدِّقيني.. كلُّ ما رَجَوتُه رؤياكِ فقط، وما كنتُ سأضيع الوقت في سؤالك عمَّا يخصُّكِ غير ما يُحرِّره لسانك.

فابتسمَت حور، وكانت هذه البداية للمذاق الذي لا مثيلَ له بعدما تكرَّرَ اللِّقاء بينهما، والشعور بالسعادة مِن لحظة المجيء والمصافحة إلى الاستئذان، ورفض الرحيل.

راح باسِم في كل مقابلة يجلس مع حور على شجرة مائلة، ويكمل ما سَردهُ مِن قبل، فكَلَّمَها عن عالمه مِن أحوال العامَّة والأثرياء وأصحاب الحوانيت والتجار، أخبَرَها عن كلِّ شيء مَرَّ بحياته، مِن مواقفه ومغامراته في الصَّيد، حتَّى في غراميَّاته، كلَّمَها عن الفتيات التي تقرَّبَ مِنهنَّ باحثًا فيهنَّ عن فتاةٍ بها شيء مِن ملامحه، وتُكمل صِفاته وخِصاله، لَم يترك بابًا إلا وطرقه حتَّى عن ألاعيب البشر وخداعهم.

كان ما تحَدَّث به باسِم بمثابة عِلم سلوك البشر الذي لَم تتعَلَّمه حور مِن معلميها، فكانت تسمعه وكأنها فراشة تتلمَّس رحيقه، أمَّا هو فقد أحسَّ بأنَّ صديقًا قديمًا جاء يجلس معه، وكأنه مع نفسه التي خرجَت مِن جسده.

وحين ترحل حور صاعدة القصر لا تفكر إلا في باسِم الذي أحسَّت بأنَّه لَم يرَ يومًا عينًا تدمع عليه، قلبًا يخفق له، نفْسًا تضحِّي مِن أجله وما يستحقُّه هذا الشاب، فإذا بها تشعر بحناياها تتبَدَّل، إن سمعَت لا تسمع إلا صوته، وإن رأت لا ترى إلا عينه، وإن تحدَّثت تكلَّمَت بلسانه، فتقرّر أن تكون النفس التي طالما تمنَّاها باسِم التي تهواه لشخصه، ستكون الروح المتجسِّدة في كيانها، وإن منحَته حياتها له فهذا بالقليل لِمَا تحسُّه معه، فصار كلٌّ منهما يضمر للآخَر وجدًا فوق ما تضمره الأفئدة والقلوب، رغم أنَّ باسِم ما زال يَجهلُها.

في مساء اليوم التالي، علَّقَ باسم المصباح في القارب، وأخذَها في جولة عبر النَّهر، وحور فرحة بالمغامرة، ثمَّ رفعَت رأسها لأعلى، فشاهدَت كلَّ النجوم تملأ السماء في لمعانها، فقالت: أنا لَم أشاهدها مِن قبل بهذا العدد، إنَّها جذَّابة!

رَدَّ باسم ضاحكًا: كيف هذا وأنتِ تنزلين مِن السَّماء كلَّ يوم؟!

فضحكَت حور، ثمَّ ضربَته على يده حتَّى وصلا إلى جزيرة بمنتصف النهر.

نزل باسِم إليها ماسكًا المصباح بيدٍ، وجاذبًا حور باليدِ الأخرى، ثمَّ تحرَّكا، فشاهدَت أشجارًا وردية تتمايلُ أغصَانها الكثيفة، ثمَّ سمعَت صوتًا فقالت: ما مصدرهُ يا باسِم؟!

فقال لها: إنَّه الكروان.

انبهرَت به وقالتْ: لَم أسمَع صوته مِن قبل، ما أجملَه!

وتجمَّعَت حولها فَراشات بيضاء، تمَلَّكها شعور أن تلمس جَناحَ إحداها، فأحسَّت برِقَّتها تَسري في جسدها، ثمَّ همسَت: "سبحانَ الله في خلقه"، وأكملا طريقهما حتَّى وقفا أمام كوخ، فتَحَه باسِم معلِّقًا المصباح على مسمارٍ، وقال لها: تفضلي.

فدخلَت حور ثمَّ قالت: مَن يمتلك الكوخ؟

رَدَّ عليها: أنا.. ما رأيكِ؟

قالت له: إنَّه رائع.

فقال باسِم: لقد بنَيتُه خصِّيصًا لفتاة أعماقي؛ لأعيش معها عمري القادم.

ابتسمَت حور وقالت: أحيِّيكَ على ذوقك وحُسن اختيارك للمكان؛ فالجزيرة كلُّها ساحرة، أنا أحبَبتُها.

ضحك باسِم قائلًا: لن آتيَ للجزيرة مرَّةً ثانية إلا وهي معي، لكن المهم أن ألقاها أوَّلًا.

فضحكَت حور، ثمَّ نظر باسم في عينَيها قائلًا: ملاكي، هل ترضين مع بعض مِن التنازل أن تتزَوَّجي في كوخٍ بسيطٍ على جزيرة رغمَ أنَّكِ تستحقِّين قصرًا؟

فنظرَت إليه وقلبُها يرقصُ فرحًا، ولسانها يريد أن ينطق نَعم، لكنَّها تماسكَت ثمَّ قالت: الوقت قدْ تأخَّرَ بي، أرجِعني من فضلكَ.

فعادا بالقارب إلى الغابة، فمشيَا معًا لمكان لقائهما، ثمَّ ودَّعَته بابتسامة دون أن تتكلَّم متحركة في اتِّجاه قصرها حتى وصلَت إليه، فتسَلَّقَت سورًا ومنه إلى جنَاحِها.

وما إن شاهدَت مليكة قامتْ باحتضانها وقالت: إنني أعيش أجمل أيَّام حياتي.

ابتسمَت لها مليكة ثمَّ قالت: حفظكِ الله يا مولاتي.

فشكرَتها حور، وأسرعَت نحو المسبح، فاعتلَت مرتفعةً ثمَّ قفزَت فيه، وبعدما انتهَت منه ذهبَت لتُبدِّل ملابسها، ثمَّ اتَّجَهت إلى فِراشها، وإذا بها تبتسم هامسةً: "لقد جاءني باسِم كالعاصفة لِيُسقطني كورقة شجر"، وظلَّت تُفكِّر فيه إلى أن غَلَبَها النَّوم.

في الصَّباح لَم تستيقظ كعادتها لتُفطر مع والدها، الأمر الذي جعله ذاهبًا إلى جناحِها، فأيقَظَها وقال لها: حُور، هل بكِ مرض فأستدعي الأطبّاء وأجلس معكِ ولا أذهب للإيوان؟

فردَّت عليه: لا يا أبي، أنا بخير، وسأنهض للإفطار والدروس، أرجوكَ لا تعطِّل نفسك يا مولاي.

ثم قبَّلَت يده وقالت له: لا إله إلا الله.

فرَدَّ عليها: محمد رسول الله.

فنطقَا في صوتٍ واحدٍ: عليهِ الصَّلاة والسَّلام.

ثمَّ نزلا معًا، وتحَرَّكَ كُلٌّ في طريقه؛ فالملك ركب العربة الذهبيَّة التي تجرُّها الأحصنة البيضاء، وعلى جنبَيه فرسان القصر.

أما حور بعدما انتهَت مِن الإفِطار ذهبَت لمعَلِّميها لِتتلقَّى دروسها، وما إن فرغَت منها حتى أسرعَت إلى الإسطبل، فامتطَت حصانها "جُديل"، ومسحَت بيدها عنقه، فبدأ بالجَري قافزًا بها أعلى الحواجز، ومليكة تُصفِّق لها، ثُمَّ نزلَت وربتَت بيدها على وجهه، فشعر بالسَّعادة وهَزَّ رقبتَه، مُصدِرًا صَوتًا بالامتنان، ثُمَّ ذهبَت للمسبح لتُريح أعصابها، وكثيرًا ما غفلَت فيه لِتَرى الحُلم الذي تكَّرَر كثيرًا معها بأنَّ نجمة فضيَّة اقترَبَت منها، وتواطأ القمر مع السحاب بمعاونة المطر والنسيم؛ لِيَمنحوها إيَّاها، وعندما تستيقظ كلَّ مَرَّة تتعَجَّب منه.

حتى جاء اللِّقاء المحدَّد بينهما فذهبَت حور إلى المكان الذي يجمعها بباسِم، جلسَا سويًّا كعادتِهما على الشجرة المائلة، فظهرَت حور جميلة في عينه، ورأى بين شفتَيها ابتسامة، ثمَّ نطقَت: أشكركَ يا أستاذي على ما تعلَّمتُه منكَ.

فرَدَّ باسِم: كل إنسان عليه أن يُفكِّر ويترَوَّى، يجرِّب ويَختبر.

فتحَدَّثَت حور وقد احمرَّ وجهها: لقد ذكرتَ لي قُربكَ مِن... بحجة أنَّك باحثٌ عَن... لكنكَ أخطأتَ بحقِّهنَّ، فماذا كنتَ تستفيد؟

هنا احترَمَ باسِم تلك الصغيرة قائلًا: مَن لا يُخطئ فلا يُصيب، ومَن لا يتعثَّر فلا ينهض.

أحسَّت حور بأنها تطرق بابًا قد يَكشفها، فسألَته مغيِّرة الموضوع: ماذا علَّمكَ الصَّيد؟

فقال: الشجاعة رغم أنَّها في غيرِ موضعها جنون.

فابتسمَت حور سائلة: وماذا تعَلَّمتَ مِن والدتك؟

أعجب باسِم مِن طريقتها المرحة فقال: علَّمَتني أمي أنَّ: "مَن عاش بالحكمة مات بالمرض"؛ لذا صرتُ أتجاهل أشياء كثيرة.

فعادت تسألُه: ماذا تتمَنَّى لكَ ولفتاة أعماقك مِن تلك الحياة؟

فإذا به يُحْبطها: أيَّتها الملاك، إنكِ كثيرة الأسئلة اليوم.

فرَدَّت عليه وكأنها حاضرة الجواب: إنكَ في الأيام الماضية كنتَ مَن تتكلَّم وأنا أصمت، وأشعر أنَّ دَوري قد جاء الآن؛ لذا أجِب عن سؤالي أيُّها المعلِّم.

لَم يجِد باسِم أمامه إلا أن يُجيب عن سؤالها قائلًا: ليتَ السَّلام ينشر أجنحته البيضاء على المجتمع الإنساني حتَّى أشعر بالسَّعادة ومعي الفتاة التي أتمَنَّى ظهورها الآن، أن تهطل مِن السماء كالمطر، أن تصعد مِن الأرض كالبركان؛ فأنا أشتاقُ إليها لِتكون شريكة عمري.

توَقَّف برهة عن الكلام وأخرج مِن جَيبه عملة ثُمَّ قال: لنكون وجهَين لعملة واحدة، فتُشاركني بكائي قَبل فرحي، تربت يدها على كتفي لأجد الحنان الذي لَم أجده إلا مع والدتي، لكنّي أخشى شيئًا؛ فأحلامي بسيطة، فهل سترضى أن تعيش معي في كوخ على جزيرة؟! تحزن لفراقي وتسعد بمجيئي لأعودَ، أجد بسمَتها تنتظرني وكأنَّها جائزتي لِسباق الكفاح اليومي.

صدِّقيني يا مَنْ لا أعرف اسمكِ إلى الآن، أخشى حين ألقاها بعد هذا العناء ألَّا تقبَل بهذا الوفاء إلا بالرَّفض بحُجَّة أحلامِها الفارهة في أرض الحياة الواهمة، فلا أجني إلا عِلَّتي، إنه لَأكرم لي أن تستقيم شئون حياتي في كوخٍ على أن أعيش في قصرٍ أطلُّ منه على مسرح الحياة لأُمتعَ نظري بآلام الناس وشقائهم.

فقالت حور بنبرة هادئة: ألا تريد أن تكون أميرًا؟

فابتسَمَ ثمَّ قال: إن كانت الإمارة ستَجعلني إنسانًا كصخرة صلدة لا أشعر ولا أرى، فلأظَلُّ هكذا أهوَن.

قالت حور: إنك يا باسِم أفصح النَّاطقين لسانًا، وأوسعُهم بيانًا، وأسرعُهم نفاذًا إلى القلوب.

فتعجَّبَ باسِم قائلًا: أنا كل هذا! إنَّكِ تبالغين يا...

فظهَر على وجهها الأسى ثمَّ قالت: صدِّقني.. أوَدُّ أن أخبركَ بـ...

قاطَعَها باسِم وقال: هوِّني على نفسكِ، فلستُ بمتضايق.

ثمَّ لزِمَ الصمت، ونظرَت حور إلى الأرض وإذا بمشاعرها تخونها دون أدنى مقاومة، انحدَرَت دموعها على خدَّيها، دموع بيضاء صافية كاللُّؤلؤ المكنون، رآها باسِم فتقرَّبَ إليها قائلًا بصوتٍ حنون: هل تبكين أيَّتها الملاك؟ فلماذا؟

وبشيءٍ مِن الأسى قالت: أخشى الفراق.

فإذا بهِ يتطلَّع إليها بنظراتٍ راثية، وأخذ يُهمهم بعباراتٍ مواسية، ثُمَّ أومأ إيماءً تاركًا عينَه تبحث عن عينَيها كما لو كانت تتلمَّس التشجيع ناطقًا: أيَّ فراق تقصدين؟

حاولَت حور أن تتماسَكَ وتمنع دموعَها فقالت: لا أعلم؟

هنا توَتَّرَ باسِم ثم قال: أرجوكِ لا تلتزمي الصمت الآن.

أحسَّت حور مِن صوته بالاستعطاف، فحاولَت إشفاق حاله وحالها بأن تنطق بصوتٍ أقربَ إلى البكاء: الفراق الذي أقصده هو ما يَمنعني مِن فرحة التَّلاقي بكَ.

فإذا بها في عينِه تظهر أنقَى صور الحياء، فابتسَمَ قائلًا: معنى هذا أنَّني أمثِّل لكِ شيئًا.

فعادَت ثانية إلى ثوب الحياء مرتدية، وأغمضَت عينَيها شاهقة بصوتٍ بِهِ أنين: إنكَ يا باسِم أغلى ما عندي في الوجود؛ فأنا أحبكَ، وأنطقها لأوَّل مرَّة وكأنَّها خزة بقلبي.

فنَهَضَ باسِم رافعًا يده إلى السَّماء قائلًا: إنها تهواني كما أهواها؛ فالحُلم أصبح حقيقة، ها هي فتاة أعماقي أمامي! ها هي.

ونهضَت حور ضاحكةً ثمَّ قالت: رويدًا يا باسم، حتَّى لا يسمعكَ أحد.

فرَدَّ عليها: أنا لا يهمُّني أحدٌ غيركِ.

ثم قالَت بصوتٍ يحمل العتاب: طالما تضمر لي مشاعرك، فلماذا تركتَني طيلة اللَّيالي السابقة لا يهنأ لي عيشٌ، أو يغمض لي جفنٌ إلى أن يظِلَّني الليل بلقائكَ؟

صمتَت برهة ثمَّ قالت جملة زلزلَت كوامنه لهيبًا: لقد قاسيتُ في وحدتي ما لا قِبلَ لي باحتماله.. ثمَّ بكَت.

فتعَمَّقَ باسِم في عينَيها، وجفَّفَ دموعَها ناطقًا: لقد قاسيتُ مثلكِ؛ لأنّي هويتُكِ مِن لحظة رؤياكِ الأولى، هل تذكرينها؟

فهَزَّت رأسَها، ثمَّ قال: لَم أُصدِّق أنَّ الدهر أحضَرَكِ في طريقي، فظننتُ أنه يُماطِلُني، فخشِيتُ أن أعترفَ بحبّي لكِ حتَّى لا أعطي قلبي لفتاةٍ صغيرةٍ فيكون ألعوبة في يدها، لكنَّه الآن يحاول مصالحتي؛ لذا لا تخافي مِن الفراق في الدنيا إلا فراق الموت؛ فهذا دون إرادتنا، وإن حدث هذا فستكونين حوريَّتي في الجنَّة إذا شاء الله.

فنظرَت حور إلى السَّماء ناطقة في قرارة نفسها: إلهي إن أمَتَّني فأمِتني على صَدر حبيبي.

فنطق باسِم: ملاكي، أتعرفين لِماذا أحببتُكِ؟! لأنكِ مَن أبحث عنها طيلة عمري، أحببتُكِ لجوهركِ لأنه متعدِّد الخصال الحسنة، أحببتُكِ لأنكِ بعثتِ بي الأمل الذي كاد أنْ يهجرني ويفقدني مصيري، لن يغيبَ بعد الآن عنّي لأنكِ ستكونين بجانبي، وفي كل لقاء مضى كنتُ أشعر وكأني أطير إلى السَّماء، أصِل للنجوم، ثم أحفرُ اسمكِ عليها الذي أتخيَّلُه مِن نور وجهك، والآن أتمَنَّى أن أحضن تلك الأشجار.

فابتَسمَت حور، وأدركَت تأخُّرها فقالَت له: آسفة.. سأرحل، لا إله إلا الله.

فرَدَّ مبتسمًا: سيدنا محمد رسول الله.

فتحرَّكَت حور عنه عدة خطوات، ثمَّ التفتَت إليه ناطقة: إنني أقولها يوميًا لأبي، عن إذنكَ يا باسم، سأذهب.

لكنَّه لحِق بها، وهام في سحر عينيها، ثمَّ مَدَّ يدَيه ليعانقها، فإذا بها تجري هربًا نحو القصر لشعورها بالخجل، وباسِم يضحك ثمَّ نادى عليها: ملاكي.. ملاكي.. أنتِ مَن تمنَّيتُها طوال حياتي، إلى اللِّقاء غدًا يا ملاكي.. ثُم تحَرَّكَ مبتسمًا.

فترك الاثنان المكان، ويشعر كلٌّ منهما بأنَّ الدنيا مِلكه تخصُّه وحده، وكأنَّها أضيَق على فرحة قلبهما.

رجع باسم إلى أمِّه يخبرها عن نفس الفتاة التي كلَّمها عنها مِن قبل، ففجعَته أمُّه في أحلامه: باسم، أتهوَى سرابًا لا علمَ لكَ بمَنْ تكون؟! هل تعلم والدَيها؟ عائلتها؟

لكنَّه أخبرها أنَّ هذا كله لا يهُمُّه قدرَ سعادته بها، وهي وحدها ما تكفيه.

لكن كلام أمِّه كان له عبءٌ على نفسه، فشعر بالقلق غارقًا في التفكير: هل بعدما وجدتُها أجدُ ما يحيلُ بيننا؟! لا، هذا لن يكون.. نعم، فكفاني استسلامًا للظنِّ، هل مِن السَّهل التَّنازل عنها بعدما وجدتُها وهي مَن أبحث عنها حتَّى تلاقَينا؟

ربِّي.. افعَل بي ما تشاء، واكتُبني مِن الصابرين؛ فأنت أرحم بي مِن كلِّ البشر، وتَعلَم بشقائي وضميري.

بات باسِم بهذا التَّفكير، فصار داخله شقَّان: مِن فرحة لا مثيلَ لها، وقلق مِن الغد الذي كان لا يمثِّل له أهمية، سائلًا: ليتني أعلم لِقَلَقي سببًا!

لَم تعرف حور أين تُخفي سعادتها، إنَّها الآن بمثابة مَلِكة، لَم يعُد ينقصها شيء بعدما وجدَت باسِم، الصورة صارت مكتملة.

لكن هناك ما أخَذَها مِن فرحَتها، فنظرَت إلى المرآة وقالت: ماذا لو عَلِمَ باسِم مَن أكون؟ ووالدي لو عَلِمَ بالأمر.

هنا ضاق صَدرُها ذرعًا، لقد أحبَّني باسِم لشخصي، وأحببتُه لذاته، حتَّى لو عشتُ معه بعيدًا سأكون راضيةً، لكن أبي المَلِك يَحلُم بأميرٍ زوجًا لي، فليتَه يُدرك سعادتي حين أجلس مع باسِم الذي يُنسِيني نفسي الَّتي تطير هنا وهناك حتى تجد مرساها! فلتذهب الرفاهية والثراء دون السَّعادة إلى الجحيم، وأهلًا بِمَن عَلَّمَني أنَّ الحُبَّ إخلاص وتضحية.. وفاء ورحمة، ربِّي لماذا تهرب فرحتي كأنَّها تُخطَف منِّي؟! غدًا سأُخبر باسِم بحقيقتي.

وفي الغد كان اللِّقاء، مشيًا.. لَم ينطقا بكلمة؛ فَسُكون اللَّيل كان له سحره عليهما حتَّى وصلا ضفَّة النَّهر، كان الماء رائقًا، والسَّماءُ صافية، هنا تمَنَّى باسِم أن يضِلَّ اللَّيل سبيلَه فلا يهتدي

إليهما، ثُم أنار المصباح رافعًا وَجه حور بيدهِ يتأمَّلُها، فإذا بها أبدع سطرٍ خطَّته يدُ القدرة الإلهية في لوح الوجود، ثم أطفأ المصباح، فحاولَت حور أن تتحَدَّث فيما عزمَت عليه ناطقة: باسِم.. في ثانيَ لقاء بيننا، أخبرتُكَ ألّا تسألني مَن أكون وألا تحاول تتبُّعي، لكنَّك الآن مِن حقِّكَ أن تعلم كلَّ شيء عنّي، فأنا...

إذا بهِ دُونَ أن يُشعِر تقَدَّمَ منها واضعًا يدهُ اليُسرى في منتصفِها برفق قائلًا: لو أملك الدنيا كلَّها لقَدَّمتُها لكِ بحذافيرها.. ثُم رفع يده اليمنى لأعلى: لو تَقدِر يَدي أن تمتَدَّ إلى النجوم لَوَهبتُ لكِ...

وإذا بالأميرة دارَت بها الأرض دورة كاملة، كادت أن تسقطها، فتسمَّر جسدها في وضعٍ مِن السُّكون، ثمَّ نظرَت إلى الأرض، فظَنَّ باسِم أنَّه سحر الصمت المُحَيِّر، في حين هي تؤُجُّ اشتعالًا كأنّه الحريق ذاته، صارت تزفر لاهثة متهدِّجة الصدر.

وفي نبراتٍ هدَّدَها الحزن رفعَت رأسها مرتاعة مذعورة قائلة: لِمَ فعلتَ هذا؟

فقال باسم: ماذا فعلتُ؟

رَدَّتُ عليه بغضبٍ: لقد وضعتَ يَدَكَ عليَّ فقصَفت أجنحتي.

ثُمَّ حَجَبَتْ عن عينَيها كلَّ شيء، فأملَسَتْ مِن مكانِها إملاسًا، ومشَت تتحامل على نَفسِها قائلة بصوتٍ مكتوم: هذه أول مرَّةٍ يحدثُ لي هذا.

إلى أنْ بَكَت وهَمَّت بالفرار مختفية عن باسِم الذي وقف مذهولًا في مكانه دُونَ أن يتحَرَّكَ، ينظر إلى يده قائلًا: ماذا فعلَت يدي؟ ما كنتُ سأضمُّها إليَّ، إلا إنَّ فرحتي بها جعلَتني ألمسُها، وكأني أُخفيها داخلي.

ثُم نَظرَ إلى السَّماء وقال: لقد نشبَ اليأس أظافره بي، هل كنتُ بعقل مسلوب؟! لا بد أن أقتفيَ أثرَها كي أُهدئَ مِن رَوعِها.

حاوَلَ أن يلحَقَ بها، لكن هناك عثرات في الخطوات، نكبات في الصدور، فشرع جريًا في أعقابها يدقُّ الأرضَ في هياجٍ، مطبِقًا قبضة يدِه في غضبٍ عاجزٍ مِن نفسهِ، يصرخ حانقًا بصوتٍ أجشّ: ملاكي، عودي إليَّ.. هل هناك مَن يُسيء لذاته؟! فأنتِ ذاتي، لا تتركيني.

كان يصرخ وعيناه تترجمُ ما بداخله، دموع لَم يعرفها مِن قَبل ولَم يستطع مقاومتها.

ظَلَّ هكذا إلى أنْ أخذَته أقدامه إلى القصر الملكيّ، لَم يَجدْ أمامه إلا أن يقفَ، فليس هناك شيء آخَرَ بَعد، سائلًا نفسَه:

هل تكون قد دخلَت هنا؟ لا بدَّ أنَّها ابنة طاهٍ أو حارسٍ، فمَن تكونين يا ملاكي؟!

تمَلَّكَته السخرية ضاحكًا: أنا لا أعرف حتَّى اسمها!

وإذا بأحد الحراس يقترب منه متحدِّثًا بحزم: أنتَ يا هذا! ماذا تفعل هنا في هذا الوقت؟

نطقَ باسِم: لا شيءَ، لكن لديَّ سؤال.

رَدَّ الحارس: تفضَّل.

فسأله باسِم: هل يوجد أحدٌ يَسكنُ في القصر وعمره أقلُّ مِن العشرين؟

فقال الحارس: لا يوجد في هذه السنِّ إلا مولاتي الأميرة حور، عنْ إذنكَ، لقد تركتُ البوَّابة دُونَ حِراسة.

وإذا بالصَّاعقة تنزل على باسِم تحطِّم ما تبقَّى منه، وكأنَّ صَرحَ حياته الشَّامخ قد سقَطَ دفعة واحدة، وسأل نفسه: هل تكون حقًّا هي أميرة البلاد صاحبة النِّعمة والرفاهية؟! نعم، فخِصالها الحسنة أقرب إلى الأميرات، كيف لَم أكتشف ذلك؟! فهذا ما يَزيدني همًّا، ويملأ قلبي نَدَمًا، ويخيَّلُ إليَّ أنَّني أذنبتُ قبل وجودي، ليتَ أُمِّي لَم تلِدني.

ثُمَّ مشى إلى أن وصَلَ إلى الغابة، وهناك صَرخَ صَرخَاتٍ تدوِّي حناياه، حتَّى رجع إلى أمِّه منكِّس الرأس.

راحت حور تتلمَّس وجه الحياة في دفع هذه النازلة، تتطَلَّب المخرج بزفراتٍ لا يسمعها سامعٌ، وعَبراتٍ لا يرحمها راحم، يائسة معدمة، فقد فُجِعَت بكلِّ ما تَملِك في حبيبها، وما تعلَّقَ بهِ آمَالها، لا تجد أمامها يدًا تتمدَّدُ إليها، ولا عينًا تبكي عليها، إلى أن ذهبَت للمَسبح لتغتسل، ثمَّ ارتدَت ملابسها، وتحرَّكَت عِدَّة خطوات تِجاه جَناحِها، فسقطَت مغشيَّة عليها.

وفي الفجر استفاقت حور، فانتبهَت إليها مليكة، فوجدَتها تهذي هذيان المحموم، ثمَّ غابت حور عن الوَعي ما غابت، واجتمع الأطبَّاء حول فراشها كأنَّها تعالَج مِن سكرات الموت، وحزنَ كلُّ مَن في القصرِ عليها، فقد غابَت بسمتهم الَّتي صارت طريحة الفراش أمام أعينهم دونَ فِعل شيء لها.

انقلبَ حَال باسم رأسًا على عقب بعدما تكرَّرَ ذهابه للمكان ولَم يجدها، فانطفأَت شمعة حياته، وانكفأ لونه، باتتْ اللجْلجَة تعتري صَوته، هجرَه حضوره وقوَّته، فصار لا مؤنسَ إلا وحشته، ولا أنيسَ إلا وحدته، يتخَيَّل كوخه قبرًا، وملابسه كفنًا، لا يَجد إلا ما تُرسلهُ عيناه مِن قطراتٍ حارَّة، فهي كلُّ ما يَملكهُ الضعفاء، يجلس صامتًا، ويمشي واجمًا، يكاد لا يهتدي سبيلَه، وفي ذهنه: هل تكون كرهَتني فسقطتُ مِن عينَها؟ لكنِّي لَم أقترف ذنبًا ولا جريرة، فيدي كانت يد المُحبِّ، ووضَعتها على حبيبتي.

حتَّى شعر بهِ رفقاؤه فقال: لَم أَعُدْ أَبتَلَى بصحبة هؤلاء المناحيس الذين يَسهرون اللَّيل بين رنين الكئوس، وينامون النهار كلَّه بين التمطِّي والثوباء.

حاولوا إعادته إليهم، وهذا فوق ما يُطاق احتماله؛ لأنَّ بين جنبَيه لَوعة لفرَاقها، فصَار داخله رفات سَمائه، وأرضه تتهاوى، لأنَّه لَم يتاجر بالأحلام في سوق الأوهام مِن لحظته الأولى، شريف في حبِّه، ولَم يسهر ليله وتُذَب عينه مِن أجل لحظة شيطانيَّة فينعَى نفسه، وليسَ على لسانه إلا: لَم أُخلِفْ عهدي معكِ، لَم أسلبْ حياتكِ ونعيمَها، فلولا وجودكِ ما سَعَدتُ، ولولا يَدي ما شقيتُ.

حتَّى سمع في يومٍ نغمة حزينة ترن في جوفِ اللَّيل، لحظتها نظر ليدِه قائلًا: كنتُ أظنُّ بكِ حمايتها، لكنَّكِ سبب تعاستي وقاتلة سعادتي، ليتَ لي بضربةٍ مِن ضربات النِّسيان تذهب بذاكرتي جملةً واحدة، فلا أعود أذكرُ مَجيئَها، جُلوسها، صَوتها الرقيق العذب، صَفاء عينَيها، رَونق وجهها، ضِحكها، بُكاءها، سعادتها بلقائي، حُزنها لفراقي.

ليتَ قلبي يتطاير جزءًا في الفضاء، لو أعلم مَن تكون حقًّا لحَاولتُ دَوَاءَها وإن كان بين سِحري ونَحري حتَّى تغفر ذنبي، لا بدَّ أن أختفيَ ليُحذف اسمي مِن فضاء العمر إلى مضيق القبر.. وبالفعل اختفى باسِم ليعثر بضالَّته على الجحيم.

مرَّت الأيام على حور بعدما شُفِيَت في حالٍ لا تُحسد عليها، تقضي نهارها مثل ليلها واجمة، لا تهنأ بالراحة، فكرهَتِ النوم.

وكثيرًا ما تنهض في سُكونِ اللَّيل وهدوئه باكية يشوبها الكدر ويعقبها الألم، تتلمَّس الرحمة ولا تكاد تغمضُ عينَيها، فتتراءى الكوابيس.

لَم تجد حلًّا غير الهروب للمكان الذي كثيرًا ما أنسَت إليه معه، فلَم تجده، وهناك بكَت ولَم تعلم سِرَّ البُكاء، هل على حالها أم لفراقه؟!

وبلا وَعي وجدَت أقدامها تُسطر الخَطوات إلى المدينة تسأل عن كوخه، فعثَرَت على طفلٍ وكان دليلها إليه حتَّى أوصَلَها، وقفَت أمامه متردِّدة: ماذا بعد؟! هل أُطرق الباب أم أرجع؟!

لمحَت حور النافذة مفتوحة ويظهر منها ضوءٌ خافتٌ فنظرَت بعينَيها منها لترى سيدة جاثية على ركبتها تصلِّي وتبتهل، ظهرَت شاحبة اللَّون مسكينة، لا سَندَ ولا عَضدَ من طولِ فترةِ غيابه.

أنهَتِ الصلاة محاولةً القيام على يَدَيها، فلَم تقدِر لأنَّها ضعيفة؛ فانقبض قلب حور يشفق حال العجوز، لتجد نفسها تدفع الباب داخلة في أقصى وهلة تُساعدها في النهوض، ساندَتها حتَّى وضعَتها في الفراش، فشكرتها السيدة بصوتٍ خَافضٍ مميتِ وسألَتها: مَن أنتِ يا بُنيَّتي؟

فنطقَت حور: أنا غريبة عن الدِيار.

تحسَّرَتِ السيدة وقالت: آسفة يا صغيرتي، فليسَ عندي ما أُقدِّمه لكِ.

حاولَتِ الأميرة أن تلعب دَور الغرباء تقمُّصًا بتغيُّرِ صوتها فقالت: هل تعيشين وحدكِ يا أمي؟

فتحدَّثَتِ السيدة: عائلي الوحيد بعد الله ابني باسِم.

نطقَت حور: هل هو بالخارج وسيعود؟

تعَسَّرَ صوت السيدة قائلة: لا يا حبيبتي، فقد اختفى ما يزيد عن الشَّهر، ولا يعلم مصيره غير الله، هو حارسه وراعيه.

همسَت حور: اختفى.

وكأنَّها تتقبَّل عزاءها، فرفعَت بُرْقعها وأغمضت عينَيها بَاكية، ثمَّ استأذنَتِ السيدة بالرحيل التي قالت لها: ألستِ بغريبة يا صغيرتي؟! امكثي هنا حتَّى الصَّباح.

فتحرَّكَتِ الأميرة في عجلٍ ثم قالت: سأعود ثانية في الغد، وداعًا يا سيِّدتي.

وبمجرد أن خرجَت أغلقَتِ الباب، ومشَت في دروب المدينة مبتسمةً لِتذكُّرها باللحظات الجميلة التي جمعَتها بباسِم، وكأنَّ عمرها كلَّه في تلك اللحظات.

وما إن عادت إلى قصرها فوجدَت مليكة نائمة، أيقظَتها وقالت لها: اذهبي إلى غرفتكِ لترتاحي بها.

ودخلَت حور جناحَها، وليس في داخلها إلا غياب باسِم ويأس والدته، عازمةً أن تعتني بها.

وفي مساء اليوم التالي، نزلَت كعادتها متنكِّرة، تحمل إليها خيرات مِن مأكل وشراب، فوجدَتها في فراشها تبكي، فسألَتها حور: لماذا تبكين يا أمي؟ ألستُ بجانبكِ؟

ثم قدَّمَت لها طعامًا، فارتاحَت السيدة مطمئنَّة، ثمَّ ابتسمَت قائلة: ليتَ ولدي يعود ليُجَازيكِ على ما قدَّمتِه لي مِن رعايةٍ.

فتقرَّبَت منها حور ثم قالت: أخبريني يا أمِّي، كيف ولِمَ اختفى؟

تنهَّدَتِ السيدة قائلة: ليتني أعلم سرَّ نكبته، في الآونة الأخيرة تبدَّل حاله كأنَّ دنياه ضاقت عليه، لا يحفل بالخروج، وإن خرج لا يَغيب ليجلس صامتًا، حتَّى صرتُ معه باكيةً مولهة اللُّبِّ، موجعة القلب، أفزع لفزعاته، وأصرخ لصرخاته، فسألتُ نفسي: هل يكون عقلي قد اختبل؟! لذا أنشأتُ أقلِّب وجهي في السماء، ضارعةً أن يُؤخذ بِيَد وَلدي الذي أسمع حشرجة الموت في صوته، والأنين مطوّقًا صدره، فتقرَّبتُ منه ساعة أسأله: باسِم، مَن غيري يَمسَح دَمعكَ ويُخفِّف حُزنكَ؟

فأجابَني على غيرِ ما توَقَّعتُ بأن قال: ليتَ ضميري مثل ضمير الآخَرين يا أمّي.. لكنتُ أسعدَ حالًا وأهنأ بالًا.

فسألتُه ثانية: وما يشغل بالك؟

فقال: أسمعتِ بيدٍ تُسيء للروح، وتقتل سعادة صاحبِها؟

تنهَّدَتِ السيدة قائلة: ثم خرج وعاد ثانية لصَمته حتَّى ليلة الاختفاء، اللَّيلة التي قمنا فيها إلى فراشنا، فكنتُ أنام نومًا متقطِّعًا، وما إن انتصفَ اللَّيل حتى سمعته يُهينم بصوتٍ خفيٍّ، نظرتُ إليه فوجدتُه يتحرَّك في فراشه وينظر إليَّ، أطال النَّظَر لِيَعلَم أنائمة أم مستيقظة! فتناومتُ حتَّى رأيتُه يتحَرَّك، حامَ حَولي يختلس الخُطَى اختلاسًا إلى أن خَرج، فظننتُ أنه مختنق راغب في تجديد هَوائه، وما كنتُ أظنُّها لحظة الاختفاء آخِذًا قلبي معه، لكنِّي أعرف السبب.

نطقَت حور: هل حقًّا تعرفين؟

فضحكَتِ السيدة قائلة: نعم، إنها الفتاة التي نَوَى زواجها، فالأمرُ متعلِّق بها، لكنِّي لا أعرف طريقها، أيكونان قد اختفيَا معًا؟! لا، باسِم لا يفعل هذا بها؛ فأنا أعلمُه.

فانتشَتِ الأميرة بعض الشيء قائلة: سأبحث عنه يا أمي.

ثمَّ استأذنَتها، وفي الطريق سألَت نفسها: أين تكون يا باسم؟

وفجأة تذكَّرتِ الجزيرة فقالت: أيكون بها؟! لكنّي لا أعرف طريقها، وقد أخبرني بأنه لن يذهب إليها ثانية، حتى عادت إلى القصر حائرة.

في الصّباح سألَت حور مليكة: ماذا تفعلين إن فقدتِ شيئًا؟

ضحكَت مليكة مداعبة: ما هذا الشيء؟!

لمحَت مليكة أميرتها لا تبتسم، فقالت: إن لَم أجده أذهب للمنادي الذي يخبر الجميع عنه مع مكافأة.

فاغتبطَتِ الأميرة مِن فكرة المنادي، وتقَرَّبَت منها قائلة: خذي هذه النقود له، وأخبريه بما سأُطلعكِ به الآن، فأصغي إليَّ.

وراح المنادي يجوب المملكة ذهابًا وإيابًا بصوته الصاخب يُعلن المكافأة وحال الأُمِّ مِن غياب ابنها، لكن بلا جدوى، فلَم يعد باسِم، ولا يوجد دليل على وجوده، ولَم تعُد حور تجد سعادتها إلا بنزولها لأُمّ باسِم التي تسوء صحَّتها يومًا بعد الآخَر.

وفي يوم دخلَت عليها فوجدَتها تتفصَّد عرقًا غزيرًا مِن جبينها فَسَألتهَا: ماذا بكِ يا أمي؟

تنهَّدتِ السيدة بصعوبة قائلة: أشعر الصعداء.

فحضنَتها حور برفقٍ وقالت: لا تقولي هذا، فأنا أريدكِ بجانبي.

نطقَتِ السيدة: الله أعلم أنَّكِ صِرتِ في منزلة باسِم.

هنا ضاق صدر حور قائلة: أريد أن أخبركِ يا أمي أنا مَن أكون.

لَم تنطق السيدة حرفًا كأنَّ صَمتها يقول: "أخَبريني يا ابنتي مَن تكونين".

شعرَت حور أنَّها تسرَّعَت فانتابها التَّردُّد، ولزم لسانها اللَّجلَجة، فخلعَت خمارها ثمَّ قالت: أنا يا أمِّي، أنا الفتاة التي أخبركِ بها باسِم.

فإذا بالعجوز ترفرف يدها حول وجه حور قائلة: الحَمد للهِ أنَّك أريتَني وجهها قبل مماتي، احضِنيني يا حبيبتي، كوني بجانب قلبي المشتاق لفِلذته، وأنتِ الآن فلذتي.

تعانَقتِ الاثنتان وعيناهما تذرفان الدموع، ثمَّ نطقَت حور: سيَعود باسِم لكِ يا أمِّي، ليطمئِنَّ قلبكِ.

فقالت السيدة بصوتٍ تكتمه الأحضان: سيعود لكلِّ مُحبِّيه وأنتِ أوَّلهم، اقتربي أكثر مِنِّي، ضُمِّيني يا بنتي.

وإذا برعشةٍ مرتجفةٍ تسري في جسد السيدة مع سماع همسةِ الشَّهادة، وكانتِ الفاجعة التي أذهلَت حور، فأخذَت تبكي وتقَبِّلُها في جبينَها وتقول: لا تتركيني يا أمِّي، فأنا أحتاجكِ أكثر ممَّا كنتِ تحتاجينني، كيف لي العيشَ دُونَ أحبَّاء؟!

وظَلَّت تهذي وتترَحَّم عليها وكأنَّها بحقٍّ والدتها، ثمَّ ذهبَت لسُكَّان الأكواخ المجاورة تُخبرهم بموت السيدة، وأعطَتهم نقودًا لعمل اللازم، فقاموا بدَفنها بمقابرِ الفقراء.

مَرَّت الأيام على حور وكأنَّها دهر، تتقبَّل عزاءها حُزنًا في كلِّ لحظة، فعادَت تجلس في شرفتها ترثو مرة، وتدعُو مرة قائلة: لو غاب الحبُّ مِن قلبي يومًا لسئمتُكَ يا باسم، لكنِّي ما زلت أهواكَ بكلِّ جوارحي، بمشاعر صادقة لن أهبَها لغيركَ.

هكذا يظَلُّ تفكيرها ولسانها إلى أن ترفع يدَيها إلى السماء قائلة: اللهمَّ إنكَ تعلم أنِّي ما كفرتُ بكَ منذ آمنتُ، ولا أضمرتُ في قلبي غيرَ ما يضمره المؤمنون المُوَحِّدون، فاغفِر لباسم آثامه وذنبه إن كان حيًّا أم مِيِّتًا؛ لأنَّه ما أذنبَ عنادًا لكَ، ولا تمرُّدًا عليك، لكنَّه الكأس الذي غلبه على أمره، وحال بينه وبين عقله، وأنت سبحانك أجَلُّ مِن أن تقاضِيَه لأنَّكَ الكريم الغافر الرحيم؛ فارحمه يا ألله أينما كان.. إلى أن تبكي فتنام.

باتت لا تجد رَاحتها إلا في مكان لقائهما أو جلوسها في كوخه، وأثناء ما كانت تجلس ذات مَرَّة في الكوخ سمعَت رَجُلًا يشدُو بربابته عن شابٍّ مات حيًّا بسبب ضميره الذي أسَاءَ لفتاته؛ لذا هرب مِن الحياة الزائفة إلى زهده على قارعة الطريق متسوِّلًا، فانقبض قلبها سائلةً: هل يكون هو؟!

وإذا بشاحنة الفضول تجرُّ أقدامَها خارج الكوخ إلى مكانه تسأله: أين هذا الشاب؟ وكيف عرفتَ قصَّته؟

فابتسَم الراوي للفتاة المهتمَّة بما روى قائلًا: إنَّه يجلس أمام مسجد الزاوية بالجهة الأخرى مِن النَّهر، أمَّا بخصوص قصَّته كيف عرفتُها فإنَّه مدَوِّن كُتَيِّبًا حيث يجلس.

هنا زاد انقباضها، فأخرجَت نقودًا وأعطَته إيَّاها، ثمَّ قالت: مِن فضلك، اذهب بي إليه وسأزيدكَ.

فوافَقَ الراوي ومشيَا إلى النهر، وهناك أخذا قاربًا حتَّى وصلا، فنطقَت حور: سأذهب وحدي.

وأعطَته المال بعدما شكرَته، ثمَّ مشَت متعثِّرة الخطوات تدور حول المسجد، إلى أن وقفَت بعدما رأَت شخصًا جالسًا القرفصاء، لا يظهر منه إلا شعر كثيف، فتقرَّبَت منه وقالت: أنتَ يا هذا!

لكنَّه لَم يُبالِ بها، فعادَت ثانيةً تنطق بشيء مِن المغامرة: باسِم!

فإذا بالشخص يرفع رأسه قائلًا: مولاتي الأميرة.

فبكَت حور راثيةً حاله: أنتَ كما توقَّعتُ ما زِلتَ حيًّا.

ثم تقرَّبَت منه لتجلس بجواره قائلة: لماذا فعلتَ هذا بنفسك يا باسِم؟ فلا تستحقُّ ما أنتَ فيه الآن.

لكنَّه لَم يَنطق بكلمة، فتحدَّثَت حور: إنَّ سعادتي الآن لا تُوصف برؤيتك...

لكنَّه قاطعَها قائلًا: وما الفائدة؟!

رَدَّت عليه بحسرة: وما فائدة هجرِك لعالمِك ووالدتِك؟!

فقال: عالمي هجرتُه حتَّى لا أزيد مِن ذنوبي، أمَّا والدتي فإن تبكي مماتي خير لي أن تبكي حياتي الآثمة.

نظرَت حور إلى الأرضِ ثمَّ قالت: وأنا يا باسم!

فأسرع قائلًا: أنتِ الصَّحوة التي أفاقَتني مِن غفلتي.

فهزَّت رأسها بسُخرية قائلة: هل تفيق أنتَ وتتركني وحدي لتكون في هذا المظهر؟ هل تلك هي الصحوة؟! جلوسك على قارعة الطريق.

قال باسم: صدِّقيني، هذا أفضل ممَّا كان سيَحدث لي.

فتعَجَّبتِ الأميرة بصوتٍ فيه تعزية: وماذا كنتَ تخشى حدوثه؟ أخبرني يا باسِم؛ فأنا أشتاق لحديثك.

فقال لها: أرجوكِ اهدئي، وسأخبركِ بما حدث.

لقد اشمأزَّت نفسي بعدما أيقنتُ أنكِ أميرة البلاد، ففكَّرتُ في الانتحار رغم عِلمي به أنه نَزغة مِن نَزغات الشيطان، وخطرة مِن خطرات النفس الشريرة؛ لذا رحتُ أترَيَّث ريثما يكون صبري على احتمال سكرات الموت وآلامه، فكان لا بدَّ مِن الرحيل مِن عالمي الذي به أمِّي، تركتُها في رعاية الله، حيث تسلَّلتُ مُكِبًّا على رأسي، لا أدري إلى أين أنا ذاهب، فأخذَتني أقدامي إلى باب خان مهجور آخِره مقابر قديمة، فشعرتُ بالخان والمقابر تدور بي، فلَم أحتمل إلى أن

انطرحتُ أرضًا، وما إن أفقتُ ونظرتُ حولي حتى وجدتُ نفسي في طاحونة رجل مُسِنّ قذِر، دميم المنظر، تسنح شعيراتُه البيض في بادية رأسِه ولِحيته، تتمشَّى في أديم وجهه غبرة قاتمة.

سَردتُ حكايتي عليه بأنني شجرةٌ في مهبِّ الريح دُونَ أنْ أخبره شيئًا عنكِ.

أيقَنَ الرَّجل عِلَّتي، فساوَمَني على بقائي لمباشرة الطاحونة مقابل أن يُطعمني، فرضخْتُ لأمره، وإذا يبلغ بي الأين والكلال أن فصرتُ نحيلًا شاحبًا يعتصر اليأس وجهي، فشكرتُ الله أن هذا المرتع به فَنائي، حتَّى جاء ما يبدِّل هذا القبر الزعاف بالأَمَرِّ طعمًا، عفريت سيِّئ الهندام وكأنَّه مِن عائلة إبليس، ابنة صاحب الطاحونة سيِّدة مطلَّقة أربة وربيطة كالدنيا اللعوب، يومها نِصفان: نِصفٌ للخروج، والنِّصف الآخَر للتهيُّؤ له، ما تملك مشاعرها، حَاولَتِ الترذُّد على الطاحونة بحُجَّة متابعة مصالحِهم، وكانت تُطيلُ اللبْثَ في كلامٍ يزيدُ مِن دَمَامَتها وسُوء خُلقها مع النظرات العابسة المتلصِّصة وكأنَّ الجحيم أهون منها نكالًا.

جاءَتني ذات يوم في المساء تحمل زجاجة صهباء، فلَم أكترث بها تجاهلًا لأُثبِّط مِن همَّتها، وأطمس غريزتها محاوِلًا خداعها أن تنظر إلى شكلي الغائر الشَّاحب، وما استكان داخلي غير قوًى مُنهكة حتَّى تفهم فداحَة ما أحسُّ به، لأجدها تحاول هزمَ تبلُّد

أحاسيسي، جازمةً أنَّني لو كنتُ جَسدًا هَامدًا رفاتًا لصِرتُ كتلك الباقية مِن روائح الطِّيب التي يستنشقها الإنسان في الزهرة الذابلة بكلِّ أنواع الإغراء والفتنة.

حاولَت أن تراودني عن نفسي، لكنّي أخبرتُها أن تذهب لغيري؛ فداخلي مهزوم، خالي الوفاض والحيلة.

لحظَتها أيقنتُ أنَّها اللعبة المتكررة مِن الشيطانِ ليُغرقني في بحوره المعسولة، وهذا ما أصلَبَني تجمُّدًا أمامها، لكنَّها هاجَت متواعدة تنكيلًا وتعذيبًا لي في الصَّباح، فلَم أجد مكانًا إلا ما ترَينه الآن، وهو التسوُّل على ألَّا أكونَ صعلوكًا متماديًا في جريرته.

سمعَته الأميرة وكأنَّها كانت معه في هذا الموقف الصَّعب، ثُمَّ قالت: هيَّا يا باسم، فهذا ليس مكانك!

فقال: إنه مكاني الأنسب لأكون عبرةً لمَن يعتبر...

فقاطعَته حور قائلة: باسم، لِمَ كلُّ هذا؟! هل نسيتَ مشاعرنا؟! حلمنا بالحياة الأبدية على الجزيرة؟! هل نسيتَ الكروان والفراشات البيضاء؟! هل نسيتَ الكوخ الذي بنَيتَه لي؟! هل نسيتَ كفاحك وانتظاري لك حتَّى عودتك؟! أنا أمامك، أنا فتاة أحلامكَ، فلا تضيِّعني! أرجوك.

أومأ باسم برأسه قائلًا: كان حلمًا جميلًا، ليتَه طال لي، وليتلكِ ما رأيتِه...

فقاطعَته حور واضعةً يدها على فمه ثمَّ قالت: لا تقل هذا يا باسم، إنَّني ما رأيتُ وشعرتُ بالسعادة إلا معك، لَم تعرف حقيقتي ومع هذا أحببتَني، وتعاملتَ معي بطبيعة لَم ألقَها وأنا أميرة، لقد علَّمتَني عِلم السلوك والتحدُّث.

فنطق باسِم ساخرًا: لا، بل كان عِلم المداهنة والملق.

وبشيءٍ مِن الأسى تذكَّرَتِ الأميرة موتَ والدته فقالت: هل تعلم أنّي كنتُ أجلس مع والدتك وأرعاها؟ هل تعلم أنّي أحببتُها كأنَّها أمي؟ هل تعلم أنّي أخبرتُها بِمَن أكونَ بالنِّسبة لكَ؟ هل تعلم بأنَّها ماتت وهي متعانقة في أحضاني؟

ومجرَّد أن سمع باسِم بموتِ أمِّه بكى، فحاولَت حور تهدئته برَبت يدِها على كتفه، فأخذ يَمسح دموعه قائلًا: إنَّ بكائي هذا ليس على رَحيلها، لكنّي لَم أسدَّ دينَها الذي بعاتقي.

فقالت حور وهي تحاول أن تقف: خفِّف مِن حزنكَ وهيًّا انهَض.

وإذا بالصاعقة تصعقها، أين راحة يده اليسرى! فقالت: ماذا أجرمتَ لحدوث هذا؟!

فرَدَّ باسم: لا تتأثري، فقد خَرجَ أمر نفسي ولَم أبصر إلا ما فعلتُه بعدما خُنتُ أمانتكِ وثِقتكِ بي، فهذا قدَري وليس عنادًا مِنّي؛ لذا بترتُ يدي على فعلتها معكِ رغْمَ ضَراعتي واستصراخي، صدِّقيني هذا هو العدل.

فقالت الأميرة وهي ما زالت ترتجف: إنكَ لَم تهوَ فتاةً غيري،
فهذه هي الخيانة!

نطق باسِم: حقًّا لَم أخُنكِ، وما خنتُ إلا نفسي.

وفي الصَّباح الذي توعَّدَتني به ابنة صاحب الطاحونة لَم يكن
لي اختيار إلا أن أضَعَ يدي التي لمسَتكِ على سيور الطاحونة
لأقطعها، صدِّقيني ما بكيتُ عليها قدرَ ما بكيتُ على فراقكِ،
فسامحيني، وأتمَنَّى أن أكونَ قد أخذتُ حَقَّكِ منها.

هنا هاجَت مشاعر حور كأنها الفيضان قائلة: ليتكَ انتظرتَني
لِتَعرف أني سامحتُكَ، وما مَنَعَني عنك في نزولي إلا المرض.

ثمَّ نظرَت إلى السماء ناطقة: اللَّهم لا اعتراض على قضائك
وقدرك، ولا سخط في ابتلائك ومحنتك.

تنَهَّدَتِ الأميرة قائلة: بالأمس كنتَ عقلي ومُعلِّمي، وغدًا
سأكون زوجتك ويَدك، صدِّقني يا باسِم، مهما كانت هيئتك، أنا
أحتاجكَ، هل نسِيتَ أنَّك الكلُّ ولا بدَّ أن يتَّبعك الجزء؟ لذا هيَّا
انهض ولا تجادل تلميذتكَ.

فنطق باسِم بانهزامية: إلى أين يا مولاتي؟ هل نسيتِ أنَّنا
نعيش في واقع أنَّكِ أميرة البلاد؟!

فابتسمَت حور ثم قالت: كلُّ ما قلتَه لا يهُمُّني، وليذهب
للجحيم؛ فالواقع لَم يخفِّف آلامي بفراقكَ يا باسم، لا تترك

الأوهام تُسيطر عليكَ حتى إن كنتُ أنا أميرة البلاد، فأميرة البلاد ستُخبرك وتخبر مَن في المملكة أنَّكَ سيِّدها، ومولاها، حبيبها، ونسمة هواها، أرجوكَ هذا يكفي، فهيًّا بنا!

نطق باسِم: إلى أين يا حور؟

تفاجأتِ الأميرة فابتسمَت، ثمَّ زادتِ الابتسامات لضحكات إلى أن بكَت وقالت: هذه أول مَرَّة تنطق اسمي، لن أطلبَ منكَ أن تنطقه ثانيةً؛ لأنَّ العمر والحب والسعادة أمامنا، فهيًّا يا فرحة عمري إلى عرشك.. إلى عرش قلبي.. هيًّا!

انتهت

ياسر الخضري إبراهيم